KB005318

시로
쉼표

전선영 치유시인

2018년 한국문인 신인작가상으로 등단했다.
「토다라바」 작품으로 율목시민문학상을 받았
으며 삶의 끄트머리에서 기적을 체험한 치유
시집 『주와』가 있다. 시를 통해 아픈 마음을
돌보는 임상심리사이자 독서치료사이다.
한국독서문화협회 대표, 주와독서심리코칭
대표로 활동하고 있다.

시로
쉼표

펴낸날 2021년 2월 12일

지은이 전선영
펴낸이 주계수 | **편집책임** 이슬기 | **꾸민이** 김소은

펴낸곳 밥북 | **출판등록** 제 2014-000085 호
주소 서울시 마포구 양화로 59 화승리버스텔 303호
전화 02-6925-0370 | **팩스** 02-6925-0380
홈페이지 www.bobbook.co.kr | **이메일** bobbook@hanmail.net

© 전선영, 2021.
ISBN 979-11-5858-751-2 (03810)

※ 이 책은 저작권법에 따라 보호받는 저작물이므로 무단전재와 복제를 금합니다.

시로
쉼표

_____ 님

소중한 당신의 소중한 삶
시로 쉼표하세요.

,

세계는 리듬에 의해 생성하고 발전하며 소멸해 갑니다.
모든 존재도 고유의 리듬을 갖고 태어납니다.
그런데 세상은 점점 복잡해지고 기계화되며
인간은 타인과의 비교로 자기 본래의 속도를 잃어버립니다.
내가 나답지 않은 것이죠.

시는 리듬을 소유한 장르입니다.
시는 자기 고유의 리듬을 찾아가게 만들어줍니다.

내가 나와 멀어지는 고통에 시달리고 있다면

소중한 당신의 소중한 삶
시로 쉼표, 하세요.

2020년 따스한 겨울
전선영

목차

1
첫 번째 쉼표,

2

두 번째 쉼표,

3 세 번째 쉼표,

4

마지막 쉼표,

첫 번째 쉼표

설레는 레모네이드

눈이 웃었잖아

그날.

별의 노래

땅에 떨어져 밟히우는 힘없는 말들을
소중하게 담아주세요
키 작은 아이의 외침을 담아주세요
그 말들 어둔 하늘 밭에
촘촘히 심어주세요
언젠가 별이 되어 반짝이는
말들의 축제로
방긋 웃음 짓게 해주세요.

한 사람

때때로 어떤 만남은
내면의 빛을 밝힌다
지금 내 옆에 있는 네가
숨은 마음에 불을 켠다.

덩굴 아이

꽃잎 구르는 봄날
꽃샘바람 청아한 노랫소리

푸른 그늘 은밀한 밀실에서
비단 실처럼 곱게 피워낸 함박웃음 소리

햇살 입맞춤
달콤한 단비
덩굴 아이 초록 뺨 물들어가고

바람 숨결 울렁이는 새털구름 하늘가
꿈을 쪼아먹는
초록의 꼬부랑 아이.

초콜릿

그대 향이
사랑을 몰고 온다
내 몸은
빈틈없이 채워진다
참아왔던
마지막 숨결마저
무너져 내린다.

사랑해줘, 나를

내 상처의 결을 따라
가장 깊은 어둠의 자리까지
네 온기를 불어넣어줘

얼룩진 시간이
벌어진 마음 사이에 스며
몰아치는 화가 잦아들 때까지
뜨겁게 끌어안아줘

부서진 사랑의 기억만큼
서럽게 복받치는 나를 만나면
경계를 허문 네 심장까지
파고들어 나를 삼켜줘

가슴을 끌어당겨
사랑의 밀어를 속삭이고
섬세한 엉킴이 터져버릴 때까지
긴 호흡으로 숨 쉬게 해줘.

그녀는

그녀는 따뜻한 분꽃 향기

그녀는 살아 있어 아픈 기억

그녀는 매일 밤 껴안는 삶의 누추함

그녀는 치유할 순간을 놓친 망각의 노래

그녀는 우르르 달려드는 태곳적 깊은 물의 출렁임

그녀는 절망의 흉터 지우며 우주 속에서 폭발한 사과.

초록의 노래

예쁜 네 마음 출렁이는
고운 울음 타고 낮달이 떨어진다

저 멀리 불어오는 하늬바람
초록 애벌레 느리게 기어가는 나른한 오후

마음도 몸도 너로 물들어버리는
꿈을 꾼다.

소나기

어제까지
안전했던 그 사람이
갑자기
위험한 존재가 된다
사랑은
예고 없이 내리는
소나기 같다.

사랑불감증

평범하면 못 느껴
나는 사랑불감증 아이야
내 온도는 너무 뜨겁거나 차가워
평범한 온도는 곤란해
내가 살아있단 걸
느끼고 싶었던 거야

존재의 상처는
변덕스런 온도를 만들어버리지

네 탓이 아니야
내 탓도 아니야
사랑불감증
네 온도는 늘 정상이었어
단지
평범한 온도는 곤란할 뿐이야.

우린 무엇

가끔은 이 행성에
너랑 나만
존재하면 좋겠어
반드시
만날 수밖에 없게 말야.

보고 싶다

너와 만든 은밀한 정원에
영산홍이 사랑을 터트리고
작약이 피어나 수줍게 웃고 있네

모든 수면이 적막해진 틈을 타고
몰래몰래 들어가

보고 싶다고
고백하면

별성은 내가 잠든 은밀한 시간에
온종일 밤길을 걸었다고
속삭여주네.

너에게

추운 겨울 말고
과한 여름 말고
딱 봄만큼만
따뜻하자.

행복이 머물다 간 자리

목화솜처럼 하얗고 고운
너의 손을 잡고 걸었다

알싸한 겨울바람도
시샘하듯 불어온다

작지만 소중한 자리
행복이 머물다 간 자리.

그대는

세상의 어둠까지도 넉넉하게 품어주네요
그대는 달빛처럼

세상의 잘난 것 못난 것 구별 않고 비춰주네요
그대는 햇빛처럼.

사과나무

나는 빨간 사과나무야

원한다면 가장 맛있는 사과 열매를 줄게

하지만 나에게 포도 열매를 맺으라고

구박하지는 말아줘

포도 열매를 향한 네 욕심과 집착은

내 빛깔을 흐리울 거야

그러면 나는 더 이상 탐스런 사과 열매를

맺지 못하게 되겠지

그러니 나를 온전히 사과나무로만

사랑해 줄 수 있다면

가장 탐스런 사과나무가 되어줄게.

기적 소리

말간 하늘에 별안간 양떼구름 모여들더니

연기가 몰씬몰씬

소리가 쿵쿵쿵쿵

빈 들판에 꼬리 길게 끌며

기적을 울리는 열차가 달려온다

소경 눈을 뜨고

말문 트인 벙어리 행복 웃음

앉은뱅이 일어나 걷는다

역사를 빠져나가는 기적 소리

소리 주인 찾아

오늘도 숨 가쁘게 달려간다.

두 번째 쉼표

,

눈물비

네가 흘린 눈물비
꽃처럼 피어지다
네가 뿌린 사랑비
봄처럼 미어지다.

가을만 애가 탄다

배부른 달

하얀 손 더듬어

만월의 순정 피워냈더니

모가지 댕강 떨어져버린 코스모스

가을만 애가 탄다.

왜 그런 거죠

이상하죠 왜 그런 거죠 당신이 지나간 자리에 왜 길이 난
거죠 당신이 내 마음 밟고 지나간 자리에 당신 발자국들
이 꾹꾹 새겨진 거죠 그 자욱 지우려 해도 왜 지워지지
않는 거죠 도대체 왜 그런 거죠 검은 바다 깊은 수면 당
신 발자국 수장시켜 버리면 우우우 울부짖는 소리가 들
리고 물 마른 가지 끝 위태롭게 매달린 나뭇잎 떨리는 소
리에도 왜 당신이 걸리는 거죠 왜 그런 거죠 검은 그림자
햇볕에 말리우면 더 선명히 걸어오는 당신 발걸음 소리는
왜 사라지지 않죠 당신 떠나버린 지 오랜데 왜 아직도 살
아 쿵쿵 울리는 거죠 도대체 왜 그런 거죠 삶의 무게 켜
켜이 쌓이고 두터운 껍질로 굳어버릴 때 당신 발자국 옆
에 누워 깊은숨 몰아쉬는 나는 왜 그런 거죠 나는 이 마
음에 무어라 이름 붙여야 하는 거죠 도대체 당신이 뭐길
래 당신 발자국 빤히 쳐다보며 화석이 되어가게 하죠 왜
자꾸 내 그리움조차 당신 찾아 떠나게 만들죠 내 마음의
주인조차 내가 될 수 없게 하죠 도대체 왜 그런 거죠.

이별 선물

썰물처럼 떠나간 너는
그리움으로 밀려오고
네가 모두 빠져나간 후에야
세상에서 가장 정직한 사랑을 배웠다.

연꽃의 연가

한겨울 내내 고개 떨구며
어둠 속 차가운 실물결 속에
사랑 한 알
그리움 한 알
알알이 떨군 채

그대가 온다던 봄을 기다리는
내 마음 전해줄 수 있다면

시리고 아린 밤
마음 구멍엔
하얀 그리움이 흘러내리고
홀로 견딜 수 없어
따사론 향기로
피어난 꽃

그대가 온다던 봄을 불러내는
내 마음 보여줄 수 있다면.

그리운 슬픔

슬픔을 떠나온 자리에
슬픔이 그리워
슬픔의 자리로 돌아간다
익숙했던 슬픔은
예전마냥 서럽지 못하여
무뎌진 슬픔에
시간을 불어넣는다

그러하나
슬픔은 슬픔이 되어주지 못하고
소유할 수 없는 슬픔마저 슬퍼진다.

날 위한 이별

네가 밟고 떠나는 길목마다
별밭이네

미안한 반짝임
아쉬운 반짝임

사랑한 기억이
별別방울로 떨어지네.

취객

검은 밤이 떼를 지어 몰려오던 날
노란 민들레 옆에 쓰러져 누웠지

너도 세상 오물 다 받아먹고 자랐더냐
집 놔두고 차가운 길바닥에 몸을 누이게

한 숨, 한숨 고단함 몰아쉬는 뚜벅이 인생

지독히 외로운 밤
낯선 행인의 온기마저 그리웠던 밤

오늘 밤은 네가 환한 등불의 어머니로구나

아침 동트면 우리
따사론 햇볕 나눠 먹고
같이 날아보지 않으련.

어둠이 지나간 자리

모든 걸 해낼 수 있다던 네가
아무것도 할 수 없다는 네가 되기도 하는 날엔

저 깊은 곳에서 절망을 삼켜버린 뿌리처럼
거친 어둠의 온기를 온몸으로 앓는다

열망은 낙엽처럼 떨어지고
공존의 거리를 배우기까지
긴긴 시간이 흘러

너는 뿌리였다가 꽃이 되고
열매였다가 다시 뿌리가 되나니

한 겹 깊어가는 영혼은
어둠이 지나간 자리.

아저씨

아저씨
세상이 나 하나쯤은
지우개로 쉽게
지울 수 있잖아요

아저씨
저기 저 해도
집으로 돌아가잖아요
저는 갈 곳이 없어요

아저씨
벼랑 끝 곡예를 걸어봐요
나는 하얀 나비가 될 거에요

아저씨 옷깃에 살짝 내려앉고
저 불타는 태양의 집으로
날아갈 거에요.

말리꽃

투명하게 빠져나가는 사람들
붙잡히지 않는 옷자락
무표정한 얼굴들

서러운 밥알 욱여넣는 밥상머리에
고독이 따라와 앉고

추적거리는 눈물 뚝뚝 떨구며
사랑해 줄 이 하나 없는 무심한 땅
혼자 덩그러니 살아서 무엇하냐고
서럽게 울 때

화려한 도심 속 들리지 않는
소음들의 공허한 메아리
더 서럽게 울리고

생의 마지막 둑방길 걸어 걸어
웅크린 무덤 위 척박한 죽음 틈새로

하얀 숨결 피어 올린 숨꽃

말리꽃

생의 감각을 울리는

말리꽃.

백목련의 그리움

언제 피워낸 거야
순백의 그리움
너처럼 단아한 마음이 있을까
지고지순했던 하얀 순정
이생에서는
맘껏 터트리렴 사랑아.

한숨

구겨놓은 절망의 말들이
주머니에서 웅성거린다

강물은 부글대고
구름 몇 장은 찢어지고
이내 복장은 터져버린다

보탬 하나 되어주지 않는 달빛
새로 꿀 꿈도 없는 새들

누군가는 창밖으로 희망을 던져버리고
누군가는 지나간 날에 후회를 섞고
바람은 길 위에서 길을 잃어버린다

도대체 어디에서 숨을 쉴까.

선인장

온몸에 가시투성이라 꺼려 했는데
오늘 아침에 노란 꽃을 피웠네

노란 꽃 피우려고
그리 날카롭게 각을 세웠나 보네

님 떠나
가시 돋친 내 마음에도
꽃 한 송이 숨어 있을까.

사랑의 오아시스

아픔이 아픔을 조응한다
말라 있던 생명이 조금씩 되살아난다

얼마나 울어야 너의 목마름을 적실
단비가 내려올까

영혼을 휘감는 돌개바람
경계가 허물어진 채
영혼의 사귐이 친밀해진다

너를 향한 눈물의 길
갈증 없는 사랑의 오아시스
마침내 도달할 잃어버린 너의 고향

오늘은
메마른 길을 소복이 적시고
생명으로 걸어올
너를 기다린다.

그때의 나를 떼어내고

그때의 나를 떼어내고
그때의 시간을
그때의 감정을
그때의 몰입을

버려두고 떠나는 지금의 나는
후련한 연민으로 바라본다
그때의 나를

너 또한 어느 한때는
내 소중한 일부였다지

하지만 남은 길에 서 있는
또 다른 내가 손짓하네
어서 오라고

가야 할 길은 멀다

이제 놓아버리라, 놓아버리라

그.때.의.나.를.놓.아.버.리.라…

여전히 거기에

살아 숨 쉬는

그때의 나를

단지 추억하며 살아가라지

붉게 물든 자리에

그때의 나를 남겨두고

지금의 나는

길을 떠난다

이제는 안녕.

세 번째 쉼표

,

악몽1

악마의 밤은
삼킬 재물을 찾아
헐떡이고

교활한 욕망은
재단 위 핏덩이를
불태운다

그런데 너는 알까?

네가 죽인
그날의 나는
오늘도 살아서
매 순간 너를
불태우고 있다는 걸.

악몽2

절정의 꽃뱀 두 마리
몸을 휘감는다

비 내리는 창문 너머
몸을 던진다

밤늦은 가로등 빛
검은 고양이
두 눈동자 반짝이는 노란 웅크림

열쇠로 묶인 몸뚱이
성기로 박힌다

그중의 한 놈이 살인자였다지

옷으로 몸을 가린
일상의 침투.

파랑 새벌레

밥을 선택하고
파랑새를 쓰레기통에 던져버렸어

그런데 말야
그때 버린 오물이
오물이 아니었나 봐

여전히 오늘도
가시철조망 밑으로
꾸역꾸역 기어들어가는
작은 벌레인 걸 보면.

공포의 환각

가위가
혀를 자른다

피가
뚝
뚝
뚝

다 잘려도
결코 자를 수 없는 것이 있다

주제에 가위라고 꼴값을 떠네.

청문회

거짓말
거짓말
거짓말

영혼이 탈탈 털린
너의 사악한 눈빛에서
활활 타오르는
양심의 쇠꼬챙이가
네 심장을 뚫었다

너는 정육점에 걸려 있는
살덩어리로
주렁주렁 매달려

거짓말
거짓말
거짓말

진실과 양심을

팔아버린

매춘부

어둠의 적막 속에

더러운 피가 흘러

영원히 용서받을 수 없는

손이 잘려버린

병신.

내가 못 하는 게 아니고 안 하는 거야

'안'과 '못' 의
큰 차이

인생에서 못 하는 것의
영역을 쌓을수록
무력해지는 삶

'못' 과 '안' 의
분명한 영역

그러나 신조차도 안 하는 주체적 의지와 자유를 주셨다

그러니
내가 못 하는 게 아니고
안 하는 거야.

숨쉴 틈

네모 격자판 위 모서리만을
위태롭게 걸어왔다

틀 안에 가두려는 것들
틀 밖에서 유혹하는 것들
것들과 것들의 사이
위태로운 경계를 말이다

날 선 모서리에 발이 베이고
틀 안의 넓은 공지에 잠시 숨을 고르다가
그 공지 점점 좁아지는 답답함에 못 견디어
다시 경계의 가장 끝자락을
위태롭게 걷는다

끝없이 이어지는 격자무늬들 틈을 따라
틈과 틈 사이에서
잠시 졸다 보면

어느 틈엔가

같은 자리만 맴맴 돌아버리는

무언의 일상.

무제1

조각조각 저미어진 말들에
소금을 뿌리지 말아다오

명치에서 막혀버린 숨들이
절규하는 오후

타들어 가는 목마름
생명이 소멸된 박제의 시간

내가 아닌 또 다른 내가
벌떡 일어서는 무서운 시간.

무제2

문을 닫는다
공허한 바람이 스며들지 않도록

창문 너머 빛나는 풍경은
무심히 나를 스쳐 가고

점멸등처럼 오락가락
알 수 없는 것들이
근심을 풀어놓는다

시간의 미로 위를
정처 없이 방황한다

시간이 길을 잃은 걸까
내가 길을 잃은 걸까

하늘은 맑고

새는 울건만

검은 머리 시간은 침묵한 채

오늘도 말이 없다.

죽음이 묻는다

불행으로 죽든
행복으로 죽든
죽음은 매 한 가지

죽음이 묻는다
네가 끌고 온 수많은 것들의
정체가 무엇이냐고

세상을 사는 자는 죽음 앞에 무릎을 꿇고
세상을 이기는 자는 죽음부터 출발한다

죽음이 묻는다
죽은 자가 가지고 출발할
세상의 짐이 무엇이냐고.

기도

청춘을 향해 뻗어 나가는 시간은
소멸을 향해 사위어가는 시간과 겹치고

모든 시간의 점들은
삶과 죽음을 동시에 붙잡고 걸었다

어느 한순간도
공평하지 않은 적이 없다.

건강염려증, 숙자

어릴 적 숙자는 딸이라고 매 맞고
징징거린다고 매 맞고
동생이 말썽부린다고 매 맞고
그냥 매 맞았대

아프다고 힘들다고 말하면
더 호되게 매 맞았대

밖으로 내뱉지 못한 말들이 점점
독으로 쌓여갔다는구나

그러던 어느 날부터 숙자는
시름시름 아프기 시작했대
병원에 가도 아픈 이유를 모르겠다는데
어지럽고 머리도 아프고
배도 아프고 멀미도 한다는구나

그렇게 숙자가 아프고 나자
도맡아 했던 궂은일들은 동생 차지가 되고

술 먹고 깽판 치던 아부지는
에라이 병신같은 년아
그러고만 말지 때리지 않았다는구만

그 후부터 숙자는 적극적으로 아프기 시작했대
주정뱅이 아부지는
저 병신 빨리 시집이나 보내야지 하고는
뒷집 개똥이한테 넘겨버리고 말았다는구나

시집가서 숙자는 추석 전에 기절하고
시어머니 행차하면 기절하고
요래조래 힘들 때마다 기절했대
마치 큰 무기를 가진 사람마냥

숙자는 그 무기로
남편을 쥐어흔들고
자식들도 품 안에서
못 떠나게 한대

도대체 누구의 잘못일까?

저녁 8시

저녁 8시
육아를 하는 사람은 안다
폭탄처럼 쌓여있는 일들을 처리하다가
폭탄 인간이 되어 가는 시간이라는 것을

그때 라디오에서
가브리엘 오보에가 흘러나왔다

밥상에 널려있는 것들
주방에 쌓여있는 것들
아직 남아있는 몇 가지 육아들
나는 그런 것들을 생각하며
잠시 숨을 고르는데

아이가 싱크대 앞에서
몸을 들썩인다
그러더니 거실로 걸어가서는
엄마도 오라고 손짓을 한다
음악에 맞춰

엄마와 같이 춤을 추잖다
기도 손을 하면서 몸을 들썩인다

어떻게 알았을까
오늘도 세상의 가장 작은 천사로부터
또 하나를 배운다

"엄마 삶과 연애를 해보세요!"

늘 많은 시간이 남아있을 거라는
교만한 착각이
오늘 하루를 회색빛으로 만들어버린다

내일은 정말
삶과 연애를 해볼게 딸아.

거짓말이었나 봐, 미안해

길은 없었다 처음부터

고요한 강줄기를
사이에 두고
걸었다

그대는 이편으로 친근하게
묵직하고 신중한 돌 하나를
내려놓았다

왠지 슬퍼지는 그림자
오늘도 나를 부르고
나에게 스며들어
낯선 배경이 되어 버린다

계속 어긋나는 우리의 시간

나의 조급증
너의 신중한 이기심

그대도 나도
잠시만 머물다 떠나자고
오래 슬퍼하지는 말자고.

그날의 걸음

앞마당에 함초롬히 초롱꽃을 심어보았어요
당신 걸어가는 길목마다
발에 채는 어둠을 밝혀드리고 싶어서요
당신이 걸어가리라던
저 산등성이 높은 곳엔
길이 나지 않아 무성한 검은 풀들이
스산한 겨울바람 따라 흔들립니다
왜 하필 길 없는 험한 길로
가려느냐고 묻는 나에게
당신은 미소 지으며
길 없는 곳에 길을 내야
길 잃은 사람들이 길을 걷는다고
말해주었어요

당신 떠나시던 그날 밤
달빛은 흐뭇이 미소를 짓고
반딧불인 당신 따라 길을 떠나고
함초롬한 초롱꽃들은 은빛 가루를
흩날리었어요

그리고 사랑하는 그대여
나는 그날의 걸음을 기억하며
오래도록 당신을 축복하였습니다.

기다림의 시간

자줏빛 하늘
한 생애가 뭉툭해지고
흰 치마 별에 걸리면
말라버린 그림자 후두둑 날리우는
그것은 한때의 시간

해를 등진 환한 어둠
아련한 기억 울림통처럼 몸을 떨리우고
집 잃은 소녀가 정처 없이 헤매는
그것은 한때의 시간

제 안에 키운 금달맞이꽃이여
이젠 집으로 돌아가야 할
오랜 기다림의 시간.

마지막 쉼표

생동

메마른 향내가 진동하네요
성냥개비 그으면
타닥타닥 불살라질 만큼

생명의 기운 가문 채
당신은 아주 오랫동안
여름 한낮을 견디고 있었군요

지난가을
포도송이 댕글댕글 열리우고
복숭아 분홍빛 어리울 적에
나는 당신을 생각하고 있었습니다

이제 당신 차례예요
당신의 시들해진 혈관을 따라
감동 잃은 심장을 적시고
기대 없는 입술에 물빛으로 스며들겠습니다

오는 가을엔

당신이 가진

가장 아름다운 열매로

빛나볼 거예요.

동태의 꿈

냉동창고 꽝꽝 언 동태는
한때 대서양 큰 바다를
싱싱하게 누볐다더라

그때 불현듯
나는 왜 태어난 거지
어떻게 살아야 하지
생애 첫 무서운 질문이 시작되었대

고민의 바다를 찾아 헤매던 생태
기꺼이 몸을 얼리기로 작정했다는구나

포삭포삭 고소한 육질로 녹아
살이 되고 피가 되어
다른 생명으로
뛰고 있다는데

그 아이 자라 대대손손

대서양 큰 바다를

펄쩍펄쩍 튀어 오른다고 하더라.

시인

시인의 삶이 숙명처럼 다가오면
깊은 동굴에 들어가
언어 잃은 한 마리 짐승 되어
벌벌 떤다

뛰지 못해 두렵다

태곳적 신비가 우주의 시간처럼 열리는 장막
머리를 박고 오랜 묵념으로 엎드려 절하면

느리게 걸어와 주는 시의 언어

이내 세상 문이 열리고
총총총 뛰어다니는 재빠른 짐승이 된다.

사랑의 꽃

사랑의 꽃은
아픔의 토양에서 싹이 트고
꽃을 피운 특별한 사람들은
실패를 통해 배웠다.

아가야

아가야
슬픈 밤이 시작되었단다

이제 모든 걸 잊고
널 위해 준비된
가장 따뜻한 언어 속으로
아장아장 걸어오렴

널 비난하던 날 선 언어들은
저기 서쪽 하늘로
날아가고 있구나

견딜 수 없던
불면의 밤은
잠든 기억이 되고

부서진 날개는
깊은 어둠의 수면 속에
놓아둔 채로

아가야
슬픈 밤이 더 깊어지기 전에

이제 모든 걸 버리고
널 위해 준비된
가장 따뜻한 기억 속으로
아장아장 걸어오렴.

영동대교

성게처럼 뻗친 열이
유난히 나를 보챌 때
영동대교를 건넌다

내 비밀을 고요히 읽고 가는 강물은
묵은 껍질과 얼음의 언어를
실어 보내라 한다

수평선 넘어 쉬어가는 해가 내일을 단장하고
나는 점점 탈색되어 희미해진다

어둠이 내린 배경
스스로 위로가 될 때까지
기다려주고

어느새
상처에 데인 자리는
주홍빛으로 간질거려온다.

나무

머리에 이고 올 나무 하나 없는 민둥산

태풍에 견딜 나무 하나 머리에 심고

어둠이 가라앉은 개울녘

슬픈 전설이 늘어선 숲을 지나

물오른 대지에 이마를 대다.

백담사 범종 소리

야광나무 아래
기억의 범종 소리
시간을 깨우고

서러운 불심
당신 가신 발걸음마다
연꽃으로 피어나네

수정빛 정화수
기둥 세운 발원
쏟아지는 강심 젖줄기 따라

단심 피워 천문 열리는 날
빼앗긴 봄 다시 찾으리.

9월의 소리

황금빛 들녘 고운 낱알 여물어 갈 때
동리 사람들 얼굴엔 꿈이 번지고
먹을 것 없던 구월의 마음밭엔
바람 따라 불룩해진 벼의 허리통이 드러난다

어느덧 바람도 햇볕도 밤이슬도
모두 한마음으로 익는다

늦은 밤 가을 귀뚜리 풍년 소리 울리우고
밥상머리 배곯은 것들은
눈물진 자리 말리우며
가만히 가만히 엿듣는다

오늘 밤은 유난히 길다.

봄을 이긴 겨울은 없다

오늘은 용기를 내어보세요
마음 저편의 슬픔을 불러와 앉히고
묵은 냄새를 맡아보세요
존재의 문을 활짝 열어둔 채로
슬픔과 오랜 이야기를 나눠보세요
눈물 젖은 슬픔이 오랜 화석에서 녹아내리네요

봄을 이긴 겨울은 없으니까요.

사랑의 여정, 그 끝은 해피엔딩

사랑의 중심축은 빗나가고
때때로 노력은 부질없이 느껴지더라도
오랜 시간 버텨온 그대가
차가운 세상을 밝히는 등불

어쩌지 못하는 나로 인해
어쩌지 못하는 너로 인해
절망과 고통을 느끼고 있다면
그대는 사랑이 많은 사람

그대는 참 예쁜 사람.

그대의 손

네가 만일
고통 속에서도
침묵하지 않고
노래하는 법을
가르치고 있다면
너는 잘 가고 있는 것이다

네가 만일
아픔 속에서도
주저앉지 않고
걷는 법을
가르치고 있다면
너는 잘 가고 있는 것이다

네가 만일

절망 속에서도

핑계 대기보다

노력하는 법을

가르치고 있다면

너는 잘 가고 있는 것이다

그러니

그대여

우리에게 건넬 손이 있다는 게

얼마나 든든하고 아름다운가.

비밀의 새

어둡고 깊은 지하실
두려움의 발걸음
막혀 있는 장막

오색 빛으로
눈부시게 빛나는 새 한 마리
용기 내어 장막을 찢다

자유로운 비상
어둠 속에 빛나는 금빛 가루

뿌리 마르고
검게 타버린 죽은 고목

눈물로 감싸 안은
영롱한 새
인자한 얼굴 되어
따스하게 품어준다

다시 초록으로 화하는 순간

폭죽처럼 터지는 환희의 숨 막힘

생명으로의 변신.

다 끝났다고 생각하는 그 순간에

또 다른 기회와
생의 선물이
걸어오고 있다

다 끝났다고 주저앉고 싶은 그 순간에
다시 툭툭 털고 일어섰던
너의 저력이
네 안에 꿈틀대고 있다

그 험한 세월
어떻게 버티며 살아왔겠는가

다 끝난 것 같은 흑암 속에서도
작게 피어나는 강인한 생명이 있었고
환희와 감격으로 벅찰
생의 좋은 선물들이 다가오고 있다는 것을
지금 이 순간이 말해주고 있다

다시 툭툭 털고 일어서자

그리하여

눈부신 환희의 순간

아름다운 생의 축복을

마음껏 누리자

네가 꿈꿔보지도 못한

삶의 값진 것들이

너에게 걸어오고 있다

생의 힘으로 맞이할 내일이

네 삶의 저력이다

그것이 바로 네 자신이다.

봄날의 숨

잘게 부서진 검은 밤
방금 시들기 시작한
그녀의 가슴을 핥는다

흠뻑젖은 껍질에서
초록물이 흘러내린다

보랏빛 서향 말없이 떨며
꽃을 피우고

잔가지 잎사귀들에선
향긋한 봄냄새가 난다

동튼 햇살 너머로
온 세상에 풀물이 번진다.

감정 날씨

구름 낀 날
바람 부는 날
비 내리는 날
그리고 손꼽아 맑은 날

자연 날씨도 그러한데
마음 날씨 어찌 늘 맑음일 수 있겠어요

고요하게 타오르는 불덩이

세상은 더 많은 것을 가지라 하지만
가능한 가장 단순하게
살아가면 어떨까요.

구름이 가요

구름이 가요
바람도 갑니다

꽃잎 찢던 소나기 너머로
색동저고리 무지개 맑아 옵니다

괜찮습니다
이제

나를 이해하고
나를 안았습니다.

평론

평론

안지위 (자기 서사 글쓰기 강사, 방송작가)

─ 『On Board』 편집인, 저서 『모던 북경』

오랫동안 시와 독서를 통한 치유에 관심 두고 활동해 온 전선영 시인이 『주와』에 이어 두 번째 치유시집 『시로 쉼표』를 들고 찾아왔습니다. 가장 적절한 때에, 그리고 가장 필요한 사람들을 위해! 그의 시는 시인의 몸에 갇힌 언어가 아니라 마음이 아픈 사람, '자기와 멀어지는 고통에 시달리는 사람'에게 손 내밀 때 함께 건네는 공감이자 위로이며, 희망과 연대의 속삭임이기에 더없이 반갑습니다.

현대사회는 너무도 복잡하고 숨 쉴 틈 없이 변해갑니다. 1인 가구가 급증하고, 평생직장은커녕 소속된 곳 없이 파편적으로 하루하루 살아가는 사람들이 너무도 많아졌습니다. 관계는 단절된 채 성과만을 요구하는 속도 사회에서 정신없이 살아가는 현대인은 마음의 병에 취약합니다. 써야 하는 사회적 가면이 늘어나면서 내가 누구인지 정체성의 혼란도 겪게 되지요.

106   시로 쉼표

이런 현대인의 마음을 어루만져줄 방법으로 전선영 시인이 찾은 것은 바로 시(詩)입니다. '시는 자기 고유의 리듬을 찾아가게' 만들어 주는 매개체이니까요. 시를 읽고, 시를 통해 이야기를 나누고, 나의 리듬에 맞춰 내면의 이야기를 시어(詩語)로 표현하면서 우린 각자의 고유성을 찾을 수 있노라 말합니다.

이는 또한 서사적 정체성의 구성 과정이기도 합니다. 용기 내어 자신의 내면과 아픔을 마주하고, 그것을 구체적인 말과 글로 표현하는 동안 '말하는 나'는 '말해지는 나'를 비로소 대상으로서 바라보게 됩니다. 나와의 거리가 생기는 것이죠. 그리하여 우린 자신을 아프게 했던 사건에, 인물에, 상황에 지금까지와는 다른 의미를 부여하게 됩니다. 이렇게 '이야기된 나'는 더 이상 관념 속에 머물러있던 이전의 내가 아닌데요, 이것이 바로 철학자 폴 리쾨르가 말한 '이야기하는 자아', 곧 서사적 정체성의 주요 내용입니다. 자신의 이야기를 하면서 다양하게 표현되는 나를 더 많이 만나다 보면 루치우스-회네가 말한 '서사적 극복'에도 이르게 됩니다. 이야기를 통해 감정의 찌꺼기를 털어내고 마음에 박힌 아픈 가시도 빼낼 수 있다는 것이죠. 바로 전선영 시인처럼 말이죠. 삶의 매 순간 치열하게 살아온 시인은 『시로 쉼표』를 통해 지금 아파하는 당신과 내가 다르지 않음을 보여줍니다.

이상하죠 왜 그런 거죠 당신이 지나간 자리에 왜 길이 난 거죠 당신이 내 마음 밟고 지나간 자리에 당신 발자국들이 꾹꾹 새겨진 거죠 그 자욱 지우려 해도 왜 지워지지 않는 거죠 도대체 왜 그런 거죠 검은 바다 깊은 수면 당신 발자국 수장시켜 버리면 우우우 울부짖는 소리가 들리고 물 마른 가지 끝 위태롭게 매달린 나뭇잎 떨리는 소리에도 왜 당신이 걸리는 거죠 왜 그런 거죠 검은 그림자 햇볕에 말리우면 더 선명히 걸어오는 당신 발걸음 소리는 왜 사라지지 않죠 당신 떠나버린 지 오랜데 왜 아직도 살아 쿵쿵 울리는 거죠 도대체 왜 그런 거죠 삶의 무게 켜켜이 쌓이고 두터운 껍질로 굳어버릴 때 당신 발자국 옆에 누워 깊은숨 몰아쉬는 나는 왜 그런 거죠 나는 이 마음에 무어라 이름 붙여야 하는 거죠 도대체 당신이 뭐길래 당신 발자국 빤히 쳐다보며 화석이 되어가게 하죠 왜 자꾸 내 그리움조차 당신 찾아 떠나게 만들죠 내 마음의 주인조차 내가 될 수 없게 하죠 도대체 왜 그런 거죠.

– 「왜 그런 거죠」

시인의 마음을 이토록 온통 빼앗아간 당신은 무엇일까요. 누구일까요. 그런 당신에게서 벗어나고자 발버둥 치지만 그럴수록 당신은 오히려 더 큰 울림을 드리우며 시인의 마음을 더욱 강렬하게 지배하고 맙니다. 그 질긴 인연의 끈을 이제 그만 놓으려 애쓰는 시인의 고뇌와 그럼에도 당신을 지울 수 없는 방황의 시간이 시 속에 고스란히 담겨 있습니다. 의지와 마음이 정반대를 향하는 모순 속에 놓여있지만 어쩌면 시인은 이미 그 해결 방법을 알고 있을지 모릅니다. 다만 상황이, 아픔이, 오래도록 쌓인 분노와 미움이 쉬이 허락하지 않는 것일 뿐. 그러니 갈등이 일렁이는 순간마다 시인은 푸념하듯 묻는 듯 넋두리를 합니다. 왜 그런 거냐고.

투명하게 빠져나가는 사람들

붙잡히지 않는 옷자락

무표정한 얼굴들

서러운 밥알 욱여넣는 밥상 머리에

고독이 따라와 앉고

추적거리는 눈물 뚝뚝 떨구며

사랑해 줄 이 하나 없는 무심한 땅

혼자 덩그러니 살아서 무엇하냐고

서럽게 울 때

화려한 도심 속 들리지 않는

소음들의 공허한 메아리

더 서럽게 울리고

생의 마지막 둑방길 걸어 걸어

웅크린 무덤 위 척박한 죽음 틈새로

하얀 숨결 피어올린 숨꽃

말리꽃

생의 감각을 울리는

말리꽃.

− 「말리꽃」

아주 진한 에스프레소처럼 무겁고 농도 짙은 아픔의 진액만 추출해놓은 것 같은 시입니다. 그 아픔이 얼마나 진한지 향기만 맡았을 뿐인데도 마음이 아려옵니다. 단절! 완벽하게 혼자가 되는 것만큼 큰 공포가 또 있을까요. 그를 그 사람 '답게' 만드는 정체성은 오롯이 그 사람이 가진 것이나 관념만으로 설명될 수 없습니다. 정체성은 사회의 영향과 타자와의 관계 속에서 형성되니까요.

그러니 관계가 단절돼 혼자인 사람은 조각 하나를 잃어버린 동그라미처럼 온전한 존재가 되기 힘듭니다. 그것이 육체적인 단절이든 심리적인 단절이든 간에 말이죠. 시인은 죽음밖에 남지 않은 완전한 고독에 침잠해 있는 존재의 심리를 섬뜩하고 서늘하게 표현하고 있습니다. 그래서일까요? '죽음 틈새로' 피어올린 말리꽃이 풍기는 반전의 희망이 더욱 뭉클하게 다가옵니다. 부디 시인의 바람처럼 메마른 생의 감각을 되찾아주는 기적이 우리 마음에도 말리꽃으로 피어나기를!

> 그때의 나를 떼어내고
> 그때의 시간을
> 그때의 감정을
> 그때의 몰입을
>
> 버려두고 떠나는 지금의 나는
> 후련한 연민으로 바라본다
> 그때의 나를
>
> 너 또한 어느 한때는
> 내 소중한 일부였다지

하지만 남은 길에 서 있는

또 다른 내가 손짓하네

어서 오라고

가야 할 길은 멀다

이제 놓아버리라, 놓아버리라

그.때.의,나,를.놓.아.버.리.라…

여전히 거기에

살아 숨쉬는

그때의 나를

단지 추억하며 살아가라지

붉게 물든 자리에

그때의 나를 남겨두고

지금의 나는

길을 떠난다

이제는 안녕.

– 「그때의 나를 떼어내고」

이제 희망이 보이기 시작하니 시인은 그 자리에 머물러 있지 않습니다. 새로운 내가 되고자 의지를 다지며 과거의 나와 작별합니다. 그렇다고 하여 그때의 나를 완전히 부정하는 건 아닙니다. 그 자리에 머문 그때의 나 역시 나의 일부였음을, 추억할 내 자신임을 인정하고서 앞으로 나아갑니다. 부정하고 싶었던 모습까지도 품어 안고 나의 또 다른 모습임을 인정할 때 조각났던 정체성은 하나로 통합되고 서사적 극복도 이루어집니다. 그동안의 고통이 온통 나를 중심으로 일어난 것이었다면, 서사적 극복이 일어난 주체의 시선은 이제 타자에게로, 미래로 옮겨갈 준비를 하게 됩니다.

오늘은 용기를 내어보세요

마음 저편의 슬픔을 불러와 앉히고

묵은 냄새를 맡아보세요

존재의 문을 활짝 열어둔 채로

슬픔과 오랜 이야기를 나눠보세요

눈물 젖은 슬픔이 오랜 화석에서 녹아내리네요

봄을 이긴 겨울은 없으니까요.

– 「봄을 이긴 겨울은 없다」

아가야

슬픈 밤이 시작되었단다

이제 모든 걸 잊고

널 위해 준비된

가장 따뜻한 언어 속으로

아장아장 걸어오렴

널 비난하던 날선 언어들은

저기 서쪽 하늘로

날아가고 있구나

견딜 수 없던

불면의 밤은

잠든 기억이 되고

부서진 날개는

깊은 어둠의 수면 속에

놓아둔 채로

아가야

슬픈 밤이 더 깊어지기 전에

이제 모든 걸 버리고

널 위해 준비된

가장 따뜻한 기억 속으로

아장아장 걸어오렴.

― 「아가야」

    극복 과정을 먼저 경험한 시인은 마음의 생채기로 혼란과 방황의 굴레에 갇힌 이들에게 경험을 전하며 용기를 내보라고 격려합니다. 그리고 아장아장 걸어오는 아기에게서 시선을 떼지 않고 두 팔 벌려 기다려주는 엄마처럼, 가장 따뜻한 위로의 언어로 경이로운 치유의 여정에 그들을 초대합니다. 어서 오라고.

네가 만일

고통 속에서도

침묵하지 않고

노래하는 법을

가르치고 있다면

너는 잘 가고 있는 것이다

네가 만일

아픔 속에서도

주저앉지 않고

걷는 법을

가르치고 있다면

너는 잘 가고 있는 것이다

네가 만일

절망 속에서도

핑계 대기보다

노력하는 법을

가르치고 있다면

너는 잘 가고 있는 것이다

그러니

그대여

우리에게 건넬 손이 있다는 게

얼마나 든든하고 아름다운가.

- 「그대의 손」

메마른 향내가 진동하네요

성냥개비 그으면

타닥타닥 불살라질 만큼

생명의 기운 가문 채
당신은 아주 오랫동안
여름 한낮을 견디고 있었군요

지난가을
포도송이 댕글댕글 열리우고
복숭아 분홍빛 어리울 적에
나는 당신을 생각하고 있었습니다

이제 당신 차례예요
당신의 시들해진 혈관을 따라
감동잃은 심장을 적시고
기대없는 입술에 물빛으로 스며들겠습니다

오는 가을엔
당신이 가진
가장 아름다운 열매로
빛나볼 거예요.

－「생동」

방황, 아픔, 의지, 격려와 초대의 여정을 지나온 시인은 한 걸음 더 나아가 기꺼이 연대의 손을 내밉니다. 그리고 약속하죠. 이젠 당신이 가진 가장 아름다운 열매를 빛나게 하겠노라고. 이 얼마나 든든하고 뭉클한 위로인지요.

현존하는 인류 최초의 자서전이라 할 수 있는 『고백록』에서 아우구스티누스는 시간의 세 차원에 관해 말합니다. 시간은 단순히 과거, 현재, 미래가 아니라 과거에 대한 현재, 현재에 대한 현재, 미래에 대한 현재라고 해야 하며, 과거에 대한 현재는 기억이고 현재에 대한 현재는 주시이며 미래에 대한 현재는 기대라고 밝힙니다. 이미 지나간 과거를 말할 때 우리는 기억 속에 저장된 사건을 떠올립니다. 그런데 그 사건을 고정 불변하는 절대 진실이라고 말할 수가 없습니다. 기억은 시간의 흐름과 함께 조금씩 왜곡되고 미끄러지며 새로이 구성되기 때문이죠. 다만 그때의 일을 기억하고 말하는 '오늘'의 내가 있을 따름입니다. 오늘의 시선으로 과거의 아픔을 잘 극복한 사람은 현재의 삶에서 의미를 찾을 수 있고, 이를 바탕으로 미래도 잘 설계할 수 있습니다. 어떻게 살아가야 할지 막막하다면, 내가 누구인지 모르겠다면, 과거의 아픔에서 벗어나지 못하고 있다면 전선영 시인의 『시로 쉼표』가 치유의 동반자가 되어줄 것입니다.